Crónicas del Quinto Sol

JD Abrego

PARA USTEDES

Este libro está dedicado a todos y cada uno de los lectores de Los Cuentos del Viento del Sur. Gracias por su apoyo y palabras de aliento. Sin ustedes, nada de esto sería posible.

INDICE

"¿Has mirado a los ojos a un jaguar? El universo entero cabe en sus pupilas: mil estrellas refulgen en su iris y centenas de cometas salen de él para refugiarse en ti. Si aún no lo has hecho, ponte de pie y mírate en el espejo. El jaguar que buscas vive allí."

MICROFICCIONES SOBRE EL ANÁHUAC

A veces bastan pocas palabras para decir algo grande. Es por eso que en esta ocasión que comparto con ustedes mis microficciones sobre el mágico y vasto mundo del Anáhuac, enfocándome en tres crónicas que hablan sobre la vida, la muerte, la magia, el miedo y la guerra.

Crónicas del Quinto Sol recoge diferentes momentos en la vida del pueblo mexica (incluyéndonos a nosotros como sus descendientes) en los que pueden apreciarse simbolismos sobre los decesos y los nuevos comienzos, la relación odio-amor con los dioses y sus consecuencias.

Crónicas del Mictlán narra episodios pequeños en los que los habitantes del Anáhuac se enfrentan a la inevitable muerte.

Finalmente, crónicas del Campeón Jaguar nos pone en la piel de un guerrero Ocelopilli, que está plenamente consciente de su paso temporal en este mundo, y no está dispuesto a dejar ningún cabo suelto en su corta existencia.

Al final encontraran pequeños poemas a los dioses, cantos que ya nadie recuerda, cosas que tal vez jamás se dijeron, pero que, por alguna razón, aún viven en la imaginación.

Viento del Sur

Crónicas del Quinto Sol

"Es en la sonrisa
de un niño,
donde reside
la esperanza
de una tierra
que hoy,
ya no espera nada."

"Nada dejé atrás,
nada espero
encontrar adelante."

"Somos fuego
que no quema,
agua que no moja,
aprendices
de todo, pero
maestros de nada."

"Alza tu espada,
que el filo
de la obsidiana
brille bajo el sol,
y que sea tu brazo
quién libre al mundo
de su eterno dolor."

"He visto a la noche comerse al día, y he visto a la luna transformarse en sol, pero jamás he visto a un cobarde convertirse en valiente a la mitad de una batalla."

"Dicen que la muerte sonríe cuando nos recibe, porque fue ella quien nos trajo y está feliz de que regresemos a verla."

"...Y abrió las manos mientras la luz del sol se derramaba sobre ellas. Soñó con un nuevo mundo, uno donde siempre existiera la promesa de un nuevo mañana..."

~●~

"La noche cayó de pronto y el mundo se sumió en la más profunda oscuridad. Los Ancianos pidieron calma, asegurando que el día volvería. Todos les creyeron, pero yo sabía la verdad: el cuarto sol ya jamás regresaría."

~●~

"Cuatro serpientes emplumadas descendieron del cielo nocturno. Rodearon el templo y lo cubrieron de luz multicolor. Todos lo vieron, pero aquel acontecimiento resultaba tan increíble, que el pueblo entero decidió ignorarlo. Es más fácil ser como los demás que comenzar a creer..."

~●~

"Y cuando los dioses se aburran de nosotros, la tierra y el cielo se caerán a pedazos, destrozando por igual nuestros sueños y pesadillas. Y cuando los dioses se aburran de nosotros, estaremos solos, y no habrá Luna ni Sol donde posar los ojos..."

~●~

"De un momento a otro, la Luna se comió al Sol, sumiendo al Anáhuac en la más terrible oscuridad. Los Ancianos pidieron calma, pero el pueblo sabía bien lo que estaba pasando: el final de nuestro mundo se aproximaba..."

~●~

"La gente dice que los dioses son malos, que gozan con nuestro dolor y se regocijan con nuestro sufrimiento.
Yo no lo creo. Pienso más bien, que tenemos los dioses que merecemos."

~●~

"Y terminó un nuevo ciclo, con sus 20 meses y sus 360 amaneceres. Y temimos durante los 5 días malditos que el sol no saliera de nuevo, pero salió... Eso quiere decir que los dioses nos han perdonado, y que, por alguna extraña razón, siguen confiando en nosotros..."

"La muerte no es el fin, es solo el primer paso hacia una nueva vida."

~ ● ~

"...Y el sol se hizo añicos frente a mis ojos sin que pudiera hacer nada para evitarlo. Poco puede hacer un simple mortal cuando los dioses han decidido terminar con todo..."

~ ● ~

"En medio de la espesa noche, me pareció ver los ojos de un jaguar recorriendo la densa selva. Tal vez había salido a cazar, o quizá quería avisarnos que su mundo (y también el nuestro) estaba a punto de ser exterminado."

~ ● ~

"Escucha el cantar del cenzontle. Cierra los ojos y deja que cada una de sus notas tome un lugar en tu corazón. Dibuja una sonrisa en tu rostro y deja volar tus pensamientos. El nuevo mundo por fin ha llegado."

~ ● ~

"Dime abuelo,
si mañana desaparece el sol,
¿Quién se alzará sobre el cielo
entonces para iluminar
nuestro camino?"

~ ● ~

"Tras la caída del cuarto sol, las estrellas decidieron ocultarse y no aparecer durante largo tiempo. Decidieron huir dejando a los humanos a su propia suerte. La raza que había dejado morir al Sol no merecía ni un simple tintineo de su luz."

~ ● ~

"Mira mis ojos y dime: Si el día de mañana un dios olvidado te pidiera una plegaria ¿Se la darías? Y si otro te tendiera la mano solicitando ayuda, ¿lo ayudarías? Dime, ¿estarías dispuesto a rescatar en lugar de ser rescatado?"

"La serpiente descendió del templo con lentitud, como esperando que todos los rayos del sol se concentraran en cada una de las escamas de su piel. Si hubiera de regresar algún día, ese día tendría que ser ahora."

"Los días pasan lento cuando observas las nubes; quizá allá arriba todo es diferente y tal vez la vida humana sea un simple y breve suspiro ante la mirada de los dioses."

"Tras destruirse el sol, los dioses abandonaron el Anáhuac sumidos en la más profunda de las penas; le habían fallado a todas aquellas personas a las que una vez juraron proteger."

"Y se encontraron dos mundos que nunca debieron encontrarse, fundiendo sus ojos el uno en el otro con un poco de admiración y un tanto de desconfianza, preguntándose a sí mismos quién ganaría una guerra que ni siquiera había empezado."

"Entiendo por qué hacemos la guerra, pero no lo comprendo"

"Sólo aquel que siente miedo puede ser valiente"

"La luna no mira hacia abajo. Somos nosotros quienes miramos hacia arriba..."

"Todo lo cierto es efímero. Cuando alguien te diga que su verdad es eterna, sonríe y prepárate para que te mientan"

"La luna se oculta del sol por una sencilla razón. Le prometió algo que olvidó cumplir. Ahora ha pasado tanto tiempo ya que incluso no recuerda que fue lo que prometió. Quizá mañana también olvide que le hizo una promesa al sol. Y cuando llegue ese día, finalmente se podrán volver a encontrar"

"Cuando el viento sopla fuerte, el humano tiembla al mirar al árbol, pensando que caerá sobre él. Cuando el viento sopla fuerte, el árbol tiembla al ver al humano, porque sabe que está vez, el humano tendrá un pretexto para cortarlo"

~•~

"Allá, en la tierra donde nace el sol y se muere la luna, el mundo se rompe y se vuelve a armar con cada día, y los humanos despiertan siempre en diferentes lugares, y sin embargo jamás se preguntan ¿por qué?, sólo miran al cielo dicen: gracias por dejarme despertar otra vez..."

~•~

"Y llegará el día en que los héroes nos abandonen, cansados de las decepciones y los malos tratos, hartos de nuestra ingratitud y el pronto olvido. Y no podremos culparlos, porque habremos sido nosotros, y sólo nosotros, los responsables de haberlos alejado..."

~•~

"Incluso lo eterno se termina. Lo aprendí de un dios que fue olvidado. Quisiera agradecerle, pero ya no recuerdo su nombre"

~•~

"Cuentan que el armadillo siempre lleva su casa a cuestas, porque allá donde vaya, siempre será su hogar"

~•~

"Vivir es una gran aventura. Morir es un gran final"

~•~

"Poco importa si eres un *macehualtin*, un *pochteca*, un campeón, un sacerdote o incluso un *Tlatoani*. El mundo nunca ha dejado de girar por nadie, y no lo hará por ti"

~•~

"Los dioses nos mienten. Nuestro destino aún no está escrito"

~•~

"No es que los campeones sólo se alcen en tiempos de necesidad, es más bien que sólo se alzan cuando en verdad se les necesita"

"El corazón de una madre se detiene cuando su hijo se marcha a la guerra, y sólo vuelve a latir cuando lo ve regresar a casa."

"Contó mil leyendas alrededor de la hoguera. Cuando se apagó la llama, él se fue dormir. Sus hijos se fueron a soñar..."

"Al viento no le interesa la lluvia. Podría caerse el cielo e inundar templos y calzadas. Y él seguiría soplando."

"Y se quemarán cuatro soles antes de dar paso al definitivo. Pero los humanos no podrán reconocerlo, porque estarán ocupados buscando tesoros en el suelo."

"El quetzal vuela siempre en dirección contraria al viento, esperando que las potentes corrientes de aire eleven su cuerpo y lo arrastren hasta lo más alto del cielo. Quizá ahí su canto sea más apreciado que en el vulgar y violento mundo humano."

"Dicen que la luna está condenada a morir y renacer una y otra vez. Que por eso nace llena y con el pasar de los días se cae a pedazos. Tal vez sea por eso que nadie puede ver nada cuando en el cielo hay una supuesta luna nueva."

"Mienten cuando dicen que la muerte es un sueño eterno, es más bien un despertar."

"Y pensaron que los dioses se detendrían al ver el caos causado tras la destrucción del cuarto sol. Pero se equivocaron. Los poderosos jamás se conmueven con el dolor del débil."

"Amaba muy poco y odiaba demasiado. Desapareció de la faz de la tierra sin que nadie pudiera recordarlo."

"Cuando vio en lo que se había convertido el Anáhuac, Quetzalcóatl dio la medio vuelta y emprendió el viaje de regreso al mar."

~•~

"El sacerdote ascendió las escaleras del templo lleno de dudas y temores. ¿Sería el sacrificio la única forma de calmar al voraz Huitzilopochtli? Hay cosas que, aunque es mejor no averiguar, bien vale la pena intentar..."

~•~

"...Y después de destruido el cuarto sol, pasaron 6 siglos de penumbra total en el Anáhuac. La gente aprendió a vivir en las sombras y prescindir de la luz. Tan acostumbrados estaban ya a la oscuridad que, cuando el Quinto Sol surgió, lo creyeron su enemigo e intentaron derribarlo con lanzas y piedras. No les gustaba la intensa luz que irradiaba el brillante invasor..."

~•~

"Hubo dioses que crearon el mundo tal como lo conocemos. Plantaron árboles, vertieron mares e iluminaron el cielo. Pero rápidamente fueron olvidados, pues los humanos solo querían creer en deidades violentas y sanguinarias. Así que aquellos antiguos dioses decidieron abandonar a los humanos a su suerte. Si querían violencia y odio, entonces eso tendrían..."

~•~

"Canta el cenzontle a mitad de la mañana, y los corazones se alzan buscando el rayo del sol. El universo nos ha regalado un nuevo día, y como pago sólo pide una sonrisa."

~•~

"El canto de los cenzontles despertó al maltrecho guerrero. Desorientado, tomó su escudo de plumas y miró alrededor buscando al ejército enemigo. Nadie estaba presente en el campo de batalla. Ni sus rivales ni sus aliados. La guerra había acabado con todos y con todo... Los sabios tenían razón, no hay nada más inútil en este mundo que una estúpida guerra."

~•~

"Y llegará el día en que el cielo se caiga arrastrando consigo a la luna y las estrellas. Será en ese momento cuando el pueblo del maíz se dé cuenta de que su mundo está perdido."

"Los sueños son frecuentemente devorados por la realidad, sin embargo, en ocasiones consiguen indigestarla, provocando así que suceda un milagro."

~•~

"El gran error de los dioses fue creerse eternos. ¡Necios! ¿Qué nunca pensaron en lo que les pasaría si dejáramos de creer en ellos?"

~•~

"No hay sol en este universo que sea capaz de dar calor a un corazón decepcionado."

~•~

"En el corazón de la montaña, allá donde el tiempo pierde su nombre, habita un dios de enorme poder, cuya voz es capaz de provocar destructivos terremotos y poderosas olas. Hay quienes aseguran que tiene cara de jaguar y alas de quetzal, pero la verdad es que nadie ha estado en su augusta presencia y ha regresado para contarlo. Dicen que odia a los humanos adultos, pero que tolera a los niños, pues disfruta sus juegos y adora sus dulces risas. Cuentan que existe desde el principio de los tiempos, y que incluso él mismo ha olvidado su nombre.
Pero no es verdad.
He soplado en los alrededores de su palacio, y una vez lo oí hablar.
Miró a la nada y dijo:
Este no es lugar para el viento. Aquí sólo hay lugar para un dios.
Y ese soy yo...
El gran *Tepeyolotl*..."

~•~

"Y al morir el último de los 4 soles, Quetzalcóatl decidió hacer un último intento de regalarle la luz al hombre y a la mujer; descendió al Inframundo, buscando arrebatarle la última de las bolas de fuego al poderoso *Mictlantecuhtli*. ¿En verdad podría la Serpiente Emplumada engañar a la misma muerte y salir ileso del *Mictlán*? ¿O la oscuridad envolvería al *Anáhuac* para siempre?"

"A los ojos de los demás era una simple tormenta, pero a los míos se trataba del llanto de los mismos dioses; ¿es que nadie podía darse cuenta de que el corazón del mismo cielo se estaba cayendo a pedazos? ¿Es que nadie podía ver que ya no brillaba el sol?"

~ ● ~

"Este mundo también está destinado a perecer. Anoche me lo dijo el viento, mientras mecía las hojas de los árboles y silbaba entre las nubes grises.
 Este mundo también tendrá un final, y sin importar lo que hagamos, tarde o temprano, este sol se habrá de acabar."

~ ● ~

"Los dioses hablan a nuestras espaldas; planifican nuestro destino a sabiendas de que siempre luchamos por corregirlo; ponen piedras en los senderos lisos y cascadas en los ríos tranquilos... ¿por qué lo hacen? Simplemente porque pueden hacerlo..."

~ ● ~

"Desperté en un mundo devastado y caótico, donde los animales se negaban a beber agua y los humanos caminaban erráticos con la mirada pérdida.
 Me compadecí de ellos y volé hasta lo más alto del cielo para calentarlos. Fue ahí cuando humanos y animales tomaron conciencia de mi presencia, adorándome y agradeciendo mi luz.
 Y en medio del caos, dijeron mi nombre.
 Supe que era el mío porque solo yo podía ser llamado así. Solo yo podía ser ese *Tonatiuh* del que todos hablaban..."

~ ● ~

"Cuatro soles tuvo que devorar el abismo para que nos diéramos cuenta de que la oscuridad siempre hemos sido nosotros."

~ ● ~

"Tal vez mañana el mundo deje de moverse tanto, y al fin los árboles puedan reposar en paz sin que nadie pretenda arrancar sus ramas.
 Tal vez mañana los sueños por fin puedan volverse realidad, y aquellos que han temido tanto, al fin conseguirán sonreír sin miedo a ser señalados."

"No te desanimes; tal vez los dioses nunca nos dieron la espalda. Quizá solo estamos mirando hacia el lugar equivocado."

~•~

"El mundo que fue
nadie recuerda ya,
y el mundo que será
nadie desea soñar.
¿Solo importa
el presente?
¿O es solo que
le tememos
al ayer
y a todo lo que
puede ser?"

~•~

"De las ruinas del Anáhuac se alzaron centenas de cadáveres putrefactos, seres ansiosos de sangre, hambrientos de violencia y destrucción. Tenían cuatro brazos y el cráneo pelado; si alguna vez le pertenecieron a este mundo, tuvieron que ser parte de sus peores pesadillas..."

~•~

"Y cayeron uno, dos, tres, cuatro soles... y como si nada hubiera pasado, dejamos que el quinto sol nos bañara con sus rayos y nos iluminara con su fulgor. ¿Será que en verdad no aprendimos nada? ¿Será que preferimos olvidar a recordar?

~•~

"Si se marchitan las flores,
¿Quién perfumará los campos
y adornará los montes?
¿Quién trenzará los cabellos
de las doncellas
y aliviará las tristezas?
Si se marchitan las flores,
¿Qué será de ti? ¿Qué será de mí?"

"Sumido en el polvo de una estrella que se extinguió hace ya mucho tiempo, duerme el recuerdo lejano de un imperio devastado. Ahí yace ahogado en la melancolía, presa eterna del cruel vacío del olvido. ¿Despertará algún día? ¡Quizás! En las entrañas del universo todo es posible, incluso un nuevo e improbable despertar..."

~●~

"Contemplé con terror y desconcierto aquel mundo en llamas que se alzaba ante mí: los templos se caían a pedazos, los estandartes de plumas eran desgarrados por furiosas ráfagas de viento, y mi pueblo, otrora orgulloso, caminaba cabizbajo, con enormes piedras sobre sus espaldas...
—¿Qué clase de sueño es este? —me pregunté.
Nadie respondió. Quise despertar, pero no pude hacerlo. Era demasiado tarde, mi pesadilla se había vuelto realidad..."

~●~

"Y entonces sucedió que hubo un nuevo concilio divino, donde los dioses que un día crearon el sol se reunieron una tarde para destruirlo. La tristeza empañaba sus ojos, y la decepción inundaba sus corazones: alegaban ingratitud por parte del pueblo del maíz, al que ahora consideraban burdo y servil.
Hartos de soportar tanto dolor, devoraron cada rayo de luz para dar paso al ocaso. Fue así como el Quinto Sol dejó de existir, y el mundo que una vez cobijó empezó a morir."

~●~

"Cuando se apague el sol
y la luna deje de alumbrar
el vasto cielo azul,
¿Quién guiará nuestros
pasos?
¿Quién iluminará nuestros
sueños?
¿Habrá la suficiente luz
en cada uno de nosotros
para hacer frente a
la oscuridad?
¿O las tinieblas nos engullirán
para siempre?"

"Llegarán tiempos adversos en los que se deje de oír el canto del cenzontle y sea imposible encontrar en el cielo un solo colibrí; vendrán épocas terribles en los que las mazorcas nazcan sin maíz y las flores pierdan su color. Serán los días previos a la muerte del sol y ya nada habrá por hacer. Por eso te pido que no dejes palabra sin decir, amor sin expresar, ni campo por sembrar. Recuerda que incluso el mañana un día se habrá de terminar."

~•~

"¡Qué cruel es la guerra!
qué arrebata hijos,
hermanos y esposos
sin mostrar pena
ni remordimiento.
¡Qué injusta la guerra!
que deja volver
a algunos
y entierra en el campo
a otros.
¿Será que en ella
nadie gana?
¿Será que en ella
todos pierden?
Cruel es la guerra,
que, aunque se pelea hoy,
deja un eco para siempre..."

~•~

"Y cuando cese el canto del quetzal, y el jaguar deje de rugir, el pueblo del maíz comprenderá que nunca debió herir a la tierra con una ciencia que era incapaz de comprender. Y entonces, cuando el cenzontle emita su última nota, ya será tarde. Demasiado tarde..."

~•~

"Y cuando nos levantemos otra vez, las chinampas se llenarán de flores y el aire se endulzará con el copal; el cenzontle volverá a cantar y el quetzal regresará a reclamar el cielo que siempre fue suyo. Cuando nos levantemos otra vez, esa melodía que todos olvidaron, al fin se volverá a oír."

"La lluvia de *Tlaloc* inunda las calzadas, y yo, agotado caminante, permanezco inmóvil a mitad del pequeño diluvio. La gente corre apurada a buscar refugio, y me mira con extrañeza al notar que me niego a abandonar mi desafortunado lugar. ¿Acaso no pueden ver que la lluvia purifica? ¿Es que son incapaces de agradecer el regalo de un dios? No te angusties, poderoso *Tlaloc*, al igual que a ti, nadie me ha comprendido todavía..."

~●~

"Ayer vi a un jaguar merodeando en las afueras del templo. Le seguí tan de cerca como fui capaz, y en un giro imprevisto del felino nuestros ojos se encontraron. Puedo jurar que el mismo universo resplandeció en sus ojos, y el odio, presente en ellos de forma sutil, me advirtió sobre la desaparición del sol, la luna y las estrellas. ¿Hablaba con la verdad? ¿Qué ganaría el jaguar con mentir? ¿Qué ganaría yo con creer?"

~●~

"Te equivocas. Mis dioses no están en los templos que derribaste, ni tampoco en los ídolos que destruiste.
Mis dioses están en la tierra, el cielo y el agua. Viven en el maíz, en la semilla de cacao y en los campos de fríjol.
Mis dioses nunca se van, porque viven en el alma de un pueblo al que nunca podrás arrebatar su libertad."

~●~

"Y no había en el Anáhuac criatura más hermosa que *Papalotl*: sus alas estaban hechas de luz de luna y rayos de sol, y sus ojos, siempre fulgurantes, parecían contar historias de tiempos pasados y lugares lejanos. A veces volaba muy bajo, y otras, volaba muy alto. ¿Era porque le pertenecía tanto al cielo como a la tierra? ¿Sería que tanto dioses como humanos podían gozar con su presencia?"

~●~

"El universo mismo se cimbró cuando fue creado, y las estrellas, siempre curiosas, corrieron sin demora a ocultarse en la más oscura de las noches. Pocos se atrevían a mirarlo de frente, pues sabían que su divina luz de inmediato los cegaría. ¿Qué clase de sol era este? ¿Sería el definitivo este sol número cinco?"

"Recorrió un camino infinito lleno de falsos dioses y promesas vacías. Sintió que pronto seria devorada por la inmensidad, y estuvo a punto de dejarse caer en uno de los tantos abismos que encontró. Mas no lo hizo. Sabía que tarde o temprano, encontraría la luz; si la oscuridad es densa, es porque el sol se acerca."

~●~

"...y los dioses se preguntaron si valía la pena crear un nuevo sol. La mayoría prefería mantenerse en la oscuridad, lejos de la maldad y la codicia humanas. Solo dos decidieron darle una nueva oportunidad a la vida. Mas cuando llegó el momento de sacrificarse por esos que no lo merecían, uno de los dioses se arrepintió; ¿por qué morir en nombre de aquellos que nada agradecían?"

~●~

"Le dijeron que brillaría para siempre, y él se lo creyó.
Jamás pensó que sus rayos se extinguirían. Nunca imaginó que sus llamas se apagarían.
Y cuando llegó el ocaso, y su luz se terminó, quiso culpar a los demás. Pero no había nadie a quien culpar. Todos se habían ido ya..."

~●~

"El sol brilla.
Los corazones laten
y los pájaros cantan.
¿A dónde han ido
las sombras?
¿A dónde ha marchado
el odio?
Siguen ahí,
en tu interior,
esperando el momento
de atacar.
De ti depende
que los ahogue la virtud,
de ti depende
que los contenga el jaguar."

"Somos palabras que los dioses dijeron una vez y luego olvidaron después.

Somos fuego, a veces ceniza, a veces incendio.

Somos mucho cuando nos tomamos de la mano y poco cuando empezamos a odiarnos.

Somos contradicción y acierto, milpa y sequía, recuerdos que ya todos han olvidado.

Somos los hijos del Quinto Sol, a veces enemigos, a veces hermanos..."

"No. No es solo un sueño. Son las notas de la libertad, el canto de la alegría, la melodía de la felicidad. Es la canción del cenzontle y el quetzal, el mágico mensaje que busca tus oídos para una sola palabra susurrar: Despierta, morador del Anáhuac, despierta..."

"Ayer escuché tu llamado. Me dijiste que necesitabas mi carne para ser sol. No te creí. ¿Por qué habría de hacerlo? ¿Quién puede esperar algo del pobre Nanahuatzin? Pero estoy aquí, frente a la enorme hoguera, aguardando a que me llames de nuevo. Si me necesitas para ser sol, no seré yo quien cierre los oídos a tu voz."

"Y caerán Tlatelolco e Iztapalapa, y luego le seguirán Texcoco y Azcapotzalco. Y destruirán a los ídolos en los templos, y los reemplazarán con toscas figuras venidas de muy lejos. Pero no todo estará perdido, porque la luna aun seguirá brillando.

Y allá, en el centro del lago, donde crece la hierba amarga, ahí germinará la semilla; ahí donde todo murió una vez, el eterno Anáhuac volverá a nacer. "

"El rostro del sol *Tonatiuh* se oscureció de pronto; alguien se había posado frente a él, y solo dejaba ver tras de sí un diminuto halo de luz. ¿Era solo la luna paseando frente al dios? ¿O se trataba del presagio de algo mucho peor? La destrucción tiene muchas caras, y quizá esa era una de ellas."

"¿Qué mundo le heredaremos a nuestros hijos si continuamos sembrando la discordia en lugar de la paz? ¿Qué clase de luz iluminará sus pasos si los enseñamos a andar entre las sombras en lugar de dar la cara al sol?"

~•~

"¿Qué hace diferente a este sol del resto? ¿Por qué habrán de ser sus rayos distintos a los que ya han bañado esta tierra? ¿Cuántas noches escaparán de su luz? ¿Cuál será su lugar en este mundo? ¿Será el definitivo o simplemente será el Quinto?"

~•~

"No había nada, sólo penumbra. Luego un pez brincó en un arroyo, y el sonido del agua salpicando hizo eco en el vacío. Pronto más peces llenaron el caudal, intentando sin éxito, saltar a donde una vez estuvo el cielo. La de la falda color turquesa los miró de soslayo y después lloró. A pesar de todo, seguía amando a sus hijos del cuarto sol."

~•~

"¿Qué será de la tierra cuando sus hijos la manchen de sangre y la envuelvan en llamas? ¿Qué será de los dioses cuando los hombres dejen de creer y las mujeres paren de cantar?
¿Qué será del sol cuando ya nadie lo observe?
¿Qué será de él cuando todos miren al suelo en lugar del cielo?"

~•~

"Brilló por última vez antes de desaparecer. Luego todo fue tristeza y penumbra, oscuridad y dolor... Algunos viejos preguntaron a dónde había ido al sol. Los más jóvenes los miraron desconcertados y luego dijeron: lo sentimos, no sabemos de qué nos están hablando..."

~•~

"Se reunieron en torno a la hoguera y dijeron:
—¿Y ahora quién será sol?
Pero nadie respondió. Tras un silencio sepulcral, uno que no estaba en el círculo del concilio alzó la mano tímidamente para ofrecerse al sacrificio. Los demás asintieron y entonces aquel se lanzó de cara al fuego. Nadie supo su nombre, pero tampoco ninguno olvidó su sacrificio."

"Cuando las palabras
se las lleva el viento
y los dioses dejan de escuchar,
es momento de ponerse en pie
y comenzar a danzar;
bailar bajo la luna y el sol,
moverse al ritmo del tambor...
¡Dancemos otra vez!
¡Que los dioses allá en el cielo
nos vuelvan a ver!"

~ ● ~

"Cuatro quetzales volaron en distintas direcciones, dejando tras de sí una estela multicolor que iluminó la oscura noche. Las sombras huyeron de la luz, y los dioses que dormían despertaron de su largo sueño.
Quizá la penumbra no termina cuando llega el sol, sino cuando uno se decide a abrir los ojos."

~ ● ~

"Mañana las aves dejarán de cantar. El viento dejará de soplar y la luna dejará de brillar. Cesarán las danzas y callarán los poetas. Morirá la esperanza, desaparecerán los sueños.
Lo sé porque mañana se apagará el sol, y con él nos apagaremos también."

~ ● ~

"Y aquellos seres atacaron sin piedad a Tonatiuh, rasgando su faz y devorando cada rayo de luz emanado por sus ojos. Su intención era sumir al Anáhuac en la más profunda oscuridad, convirtiendo una noche común en el más terrible de los eclipses. ¿En verdad sería ese el día en que las sombras apagaran al Quinto Sol?"

~ ● ~

"Los dioses miraron hacia el Anáhuac con desdén e indiferencia, preguntándose si en verdad valía la pena seguir conservando el Quinto Sol que mantenía viva a la raza humana. Conversaron entre ellos y llegaron a la conclusión de que les darían más tiempo, sin embargo, nunca mencionaron cuánto..."

"Se ha encendido el Fuego Nuevo, y los sueños, antes rotos y olvidados, vuelven a crepitar entre sus llamas, cubriéndose una vez más de esperanza y luz.

Y así, mientras arde este Fuego Nuevo, miles de ojos prometen mirar, jurando a las estrellas que esta vez, nada ni nadie los hará la vista bajar..."

~ ● ~

"Y si un día desaparece el sol, ¿qué será de nosotros?

¿Nos convertiremos en parte de la inmensa oscuridad?

¿o seremos capaces de encontrar esa chispa de luz que siempre ha vivido en nuestro interior?"

~ ● ~

"Ayer soñé que podía tocar al sol; que nos mirábamos a los ojos y bailábamos en el firmamento, tomados de las manos, ajenos por completo al tiempo...

Ayer soñé que aún había sol, pero hoy que miro hacia el oscuro cielo, me doy cuenta de esa bella luz fue tan solo un lejano sueño..."

~ ● ~

"La primera noche de invierno ocurrió algo muy particular: una serpiente hecha de fuego y luz cruzó el cielo, dejando tras de sí una estela de polvo multicolor. Las estrellas se fundieron con su brillo, y la noche se volvió día, y el día se volvió sol. ¿Sería este el comienzo de un nuevo mañana?

~ ● ~

"Cuéntame otra vez esa historia, abuelo: la de la ciudad rodeada de agua y cultivos flotantes. Esa donde los valientes usaban pieles de jaguar y enormes penachos con plumas de quetzal. Cuéntamela otra vez, abuelo, que quiero imaginar cómo hubiera sido vivir en ese lugar al que llamaban Tenochtitlan..."

~ ● ~

"Una grieta se abrió en el suelo, luego un lamento se sucedió a otro, y en apenas un instante el caos se apoderó de la aldea. Cayó el templo circular, y se vino abajo la casa de los pochtecas; sin duda se trataba de la visita de *Tepeyolotl*, el dios jaguar que cuando se despierta, hace que se cimbre la tierra..."

"Soy un águila, y voy a volar. No importa cuántas veces intentes atar mis pies al suelo, siempre me las arreglaré para despegar. Soy un rayo de luz, un pequeño trozo de sol, y allá en el cielo está mi lugar, allá en el cielo está mi hogar..."

~ ● ~

"Ayer fui testigo de la muerte del sol. El mundo oscureció de pronto y nos quedamos sumidos en la más profunda penumbra. Los sacerdotes comenzaron a orar y a danzar, pero ¿acaso hay alguna plegaria capaz de devolver al sol a este lugar?"

~ ● ~

"Y aquí estoy,
de pie nuevamente,
esperando a que el sol
salga otra vez.
¿Será que Tonatiuh
volverá a brillar
mañana?
¿O la oscuridad
nos engullirá
para siempre?"

~ ● ~

"Tal vez el nuevo sol nos devuelva todo aquello que nos fue arrebatado; tal vez su luz nos regrese las ganas de volar y los deseos de rugir; tal vez todo vuelva ser como ayer... Sí, quizás el mañana sea la oportunidad que siempre deseamos tener..."

~ ● ~

"Si alguna vez fuimos garras de jaguar, ¿por qué cesamos de pelear?
Sí antes fuimos plumas de quetzal, ¿por qué ya no hemos vuelto a volar?
Y si fuimos un día orgullosos cenzontles, ¿por qué hemos dejado de cantar?"

~ ● ~

"A menudo pienso en la muerte. No solo la mía, sino la de todos los seres vivos. No sé cómo ocurrirá, ni cuando lo hará, solo sé que ese día, el sol ya no habrá de despertar..."

"Callejuelas olvidadas
llenas de lanzas rotas.
Cielo azul
teñido de rojo y
plumas de quetzal
flotando en el viento;
¿Es que hay vida
después de la conquista?
¿Es acaso que el sol
sigue siendo el vencedor?"

~●~

"¿Es que acaso se puede ser sol siendo viento? ¿No serán tus rayos demasiado violentos e impredecibles? ¿No consumirás los ríos y el mar con tan solo un furioso soplido?
¿Qué no entiendes que son dos cosas diferentes? ¿Que no ves que el viento debe soplar y el sol alumbrar?

~●~

"...y entonces el sol fue cubierto por una sombra gigantesca, más grande que el Anáhuac mismo. Nadie perdió la calma, pero tampoco hubo alguien que guardara alguna esperanza: ¿sería este el fin del Quinto Sol? ¿sería que *Tonatiuh* ya jamás regresaría?"

~●~

"Tres soles habían caído ya cuando ella ascendió al cielo. Su rostro iluminó el *Anáhuac* con un bello resplandor azul, y durante años la gente se regocijo con su calor y su luz. Pero todo lo bueno ha de terminar, y el sol de agua terminó por volverse lluvia, y la lluvia se volvió diluvio. Pronto la diosa de la falda color turquesa contempló con horror como su creación se venía abajo, como su mundo se hacía pedazos..."

~●~

"Ya todos olvidaron al jaguar de piel oscura que una vez fue sol. Ya nadie en el Anáhuac guarda un recuerdo suyo, y ninguno de sus rayos sobrevivió al derrumbe de aquella primera era. Dime, viajero, tú qué has oído su crónica, ¿aun tienes espacio en tu corazón para el viejo Tezcatlipoca?"

" Y si llegas volando al cielo,
dale mis saludos al sol
y regálale una sonrisa
de mi parte.
Dile que aquí abajo
agradecemos
su quinta aparición,
y que, aunque no merecemos
el brillo de su luz,
danzamos alegres
bajo sus rayos.
Dile que ya aprendimos
a amarlo,
y que poco a poco
aprendemos como cuidarlo."

"El mundo nunca se termina, solo empieza de nuevo..."

"Allá, tras esa montaña de frágiles rocas porosas, duerme un dios que ha olvidado su naturaleza mística. Se dice que no quiere despertar para no volver a vernos, y que, si algún día abre los ojos, negará ser un dios, y hará oídos sordos a nuestras plegarias. ¿Será que nada quiere saber de nosotros? ¿Será que solo quiere ver desaparecer al pueblo del Quinto Sol?"

Crónicas del Mictlán

"Y si me come el tiempo,
que me coma completo;
que se lleve mis ganas
de reír,
pero que también se lleve
mis ganas de llorar."

"Perdidos en la inmensidad, cuatro cenzontles entonaban una triste melodía; lamentaban el no poder verse, pero lamentaban aún más el no poder encontrarse."

"No me busques en mi sepulcro, porque no estoy ahí; mejor búscame en el Cielo, ahí tras las nubes, me verás sonreír."

"Cuando llegues al Mictlán, háblales de mí; diles que siempre te amé y que fuimos amigos inseparables; diles que para mí no solo eras un perro, sino también mi eterno compañero."

"Dicen que del otro lado nos espera la gloria. No estoy seguro de ello, pero sí sé que no tengo miedo de seguir adelante."

"Vivo rodeado de tanta luz, que no me extraña ser una simple sombra."

"La madre naturaleza siembra vida y cosecha alegría. La naturaleza humana siembra discordia y cosecha guerra. Es por eso que el pueblo del maíz no sobrevivirá al quinto sol"

"Sentado bajo la sombra de un gran árbol de *tzapotl*, el gran Xolo color de tierra miraba atento el Anáhuac que había dejado atrás. Sonrió al ver al joven Xolo *tlacaztli* juguetear con las personas que una vez amó. Sin dejar de mirar, desconectó su mente y se permitió soñar. Un día volvería a verlos, y sería sólo él y nadie más que él, el *itzcuintli* que guiara a su familia hasta su descanso final en el Mictlán"

"He escuchado el canto del cenzontle por las mañanas, haciendo eco en cada calle y en cada alma.

He visto al águila volar rauda y veloz, acechando constantemente a ingenuas presas.

He tocado el rostro de un joven ciervo, que pasta confiado en el campo, ajeno por completo al miedo y el dolor.

He aspirado el olor de los peces cuando brincan por encima del agua y parecen sonreírle a la luna cuando sube la marea.

Pero nunca he probado el sabor de la miel, aquella que endulza la vida y hace que se olviden los temores y sin sabores.

He vivido mucho, pero si hay algo que le pido al cielo, es que me dé la oportunidad de vivir tan solo un poco más..."

"Escúchame hijo;
ayer la luna se durmió
mirando tus ojos,
y le pedí con insistencia
que velara tu sueño,
que te alejara del mal,
y que te hiciera un hombre
de bien.
Le rogué que te cuidara
allá donde yo no estoy,
que iluminara tu camino
después de dormirse el sol,
y que te mantuviera lejos
del lugar a donde yo voy..."

"Hay una cosa que deseo pedirte, pequeña mariposa de oscuras alas: mañana que vueles de regreso al mundo de allá arriba, no dejes de visitar a aquella a la que dejé atrás; recuérdale que esperaré por ella sin importar cuando tiempo haya de pasar, y que, por un beso suyo, valdría la pena morir una vez más."

" Y si tu *itzcuintli* te abandonara a la mitad del camino al *Mictlán*?
—¡¡¡Eso sería muy injusto!!!
Y si lo es, ¿por qué lo abandonas tú a la mitad del camino de la vida? "

~●~

"Y si nos sorprende la muerte,
que nos sorprenda juntos,
porque no estoy dispuesto
a marchar al Mictlán
si no entro en él
contigo de la mano."

~●~

"Y nunca más
te aquejarán los dolores
ni las tristezas,
pues allá donde vas
no existen las penas.
Te prometo que
no volverás a llorar,
apenas des un paso
en el sagrado Mictlán."

~●~

"Cuando te llegue la hora de partir, abre tus manos y suelta todo aquello a lo que le has tenido apego. Sonríe y avanza sin mirar atrás, deseando suerte a los que se quedan y uniéndote feliz a los que ya se van."

~●~

"Me llama la tierra de la que una vez salí; me pide de vuelta la madre de todos y todo; me reclama el mundo al que todos habremos de ir...
¿Ahora lo entiendes? Por favor regálame una última sonrisa, me ha llegado la hora de partir..."

"Allá en el mundo donde nadie llora,
ya quisiera yo estar,
penosa y larga ha sido mi vida,
y al Mictlán ya quiero llegar..."

~•~

"No llores por los que se van, porque pronto con ellos te habrás de encontrar; continua caminando y no te dejes abatir por el llanto. Recuerda que la luna tiene que ceder su lugar en el firmamento para que vuelva a salir el sol."

~•~

"Angustiado a causa de mi indecisión, el pequeño perro movió las orejas y me urgió a cruzar el río restregando su cabeza en mis piernas. Temblé, pero me animé a dar el primer paso. El can pareció sonreír. Se adelantó un poco y me apresuré a seguirlo. Así hicimos varias veces, hasta que me percaté de que ya estaba en la otra orilla. Había logrado cruzar a pesar de estar lleno de miedo. Es curioso, sin mi valiente compañero jamás me habría decidido a aceptar mi muerte."

~•~

"No quiero lágrimas el día de mi partida, sino flores y redobles de teponaztli; que las jarras con *octli* circulen y alegren los corazones, para que mi paso al otro mundo sea motivo de dicha y no de sinsabores.
No quiero llanto cuando se me apague el sol, porque la tristeza no existe en ese lugar al que voy."

~•~

"¿A dónde van aquellos que mueren ahogados en el llanto?
¿Quién acoge a esos que arrastró la voraz corriente de la melancolía?
¿Qué sucede con las almas que murieron con el agua de las penas al cuello?
Dime, Tláloc: ¿Hay espacio en el Tlalocan para ellos y para mí?"

~•~

"No llores cuando escuches mi canción, porque la entono para darte alegría, no tristeza. Nos reuniremos otra vez. Verás que al final, ha valido la pena tan larga espera."

"Nuestro tonalli es perecer; extinguirnos cual llama de una hoguera, fundirnos con la oscuridad igual que efímero atardecer... Mas antes de sufrir tan nefasta condena, somos libres de caminar: dar un paso, dos, tres o quizá cien... Somos incapaces de cambiar nuestro final, pero si podemos elegir cómo lo hemos de alcanzar."

~ ● ~

"Un día me alcanzará la muerte, y sus pasos se emparejarán con los míos; me tomará de la mano y abandonaré mi camino para en su lugar, tomar el suyo. Cuando llegue ese día, quiero me descubra con una sonrisa: que sepa que no me da miedo partir, porque aquí todo lo tuve, porque aquí todo lo viví..."

~ ● ~

"¿Puedes escucharlos? Son ellos... Han venido por nosotros y hay que darles aquello que han venido a buscar... La luz que los guía de vuelta a casa; el agua que los refresca tras un largo viaje; el pan que les recuerda los sabores de esta tierra y los dulces que llenan su alma de paz y alegría...
¿Puedes escucharlos? Son ellos... Ya se van, pero el próximo año, cuando su mundo y el nuestro vuelvan a ser uno, volverán..."

~ ● ~

"Sus risas y juegos se dejaron escuchar otra vez; el eco de sus saltitos y su dulce recuerdo impregnaron una vez más este mundo gris que nunca ha dejado de añorar su presencia. Le han dado tímidos sorbos a los vasos de leche y pequeñas mordidas a los dulces y el pan. Ya se van, pero volverán; lo sé porque aquí en la tierra nunca los dejamos de extrañar."

~ ● ~

"Hay pequeñas almas que jamás pisaron este mundo; se quedaron a medio camino, y hoy habitan un mundo donde los árboles dan leche y les susurran canciones hasta que se quedan dormidos. Mas cada año, vienen también. Siguen las lucecitas que no pertenecen a nadie y se detienen a descansar donde alguien les regala un dulce o algún pan. Y luego se van, a ese lugar donde sus madres un día los han de alcanzar..."

"...primero vienen esos que no tuvieron oportunidad de despedirse; encendemos una luz para guiar su camino y les damos una vasija con agua para calmar su sed. Se quedan solo un momento y luego siguen viajando. Para que sus almas puedan descansar, el último adiós deben pronunciar..."

~•~

"No atesores las semillas de cacao, pues de nada te servirán cuando partas al otro mundo. Guárdate solo los recuerdos, porque aun siendo amargos, es lo único que llevarás al otro lado. Sonríe y llora, grita y regocíjate, tanto como debas, tanto como puedas. Porque en este mundo la única verdad, es que para vivir solo tienes una oportunidad."

~•~

"Dicen que cuando uno de los tuyos muere, una parte de tu alma se va con él. No es cierto. Cuando uno de tus seres amados se va, una parte de ellos se queda contigo. Así sucede hoy, así sucederá mañana.
El cuerpo perece, pero el recuerdo vive para siempre."

~•~

" Muy lejos, en el fondo del abismo del otro mundo, allá donde nadie puede escuchar tu voz, ahí te esperaré. Aguardaré paciente, vigilando tus pasos, y en cuanto cruces el río que divide tu tierra de la mía, caeré sobre ti. Te abrazaré con todas mis fuerzas, y no te soltaré hasta que me digas: yo también te extrañé, abuela..."

~•~

"Cuando desperté, un itzcuintli me miraba fijamente mientras lamía mi rostro. Le acaricié las orejas y dio un saltito de alegría. Sonreí, y me puse de pie, aunque no tenía ganas de hacerlo. Entonces me di cuenta de que un río enorme se alzaba ante mí. El pequeño perro me hizo una seña indicándome que saltara. Y lo hice... Y la oscuridad que conocí una vez quedó atrás. Ahora sólo había luz. Infinita luz..."

~•~

"¿Qué nos queda al partir sino el recuerdo de aquellos a quienes amamos? Los únicos tesoros que nos llevamos al Mictlán son las sonrisas que recibimos y los sueños que un día compartimos."

"Vine a verte, mamá; vengo de muy lejos y tuve que pedir prestadas unas alas para llegar hasta tu ventana.

Vine porque te escuché llorar y no quiero que estés triste. No derrames lágrimas por mi causa, ya que nada malo hay en donde hoy tengo mi hogar.

¿Lo ves, mamá? Hoy vine como mariposa para que sepas que ya es hora de que me dejes volar. Ya no llores más, porque allá donde voy, algún día tú también irás."

~●~

"Allá esperan por nosotros. Aguardan pacientes nuestra llegada, con los brazos abiertos y lágrimas adornando sus miradas. Allá sonríen e iluminan nuestro camino, tejiendo con memorias un puente que nos lleve de vuelta a ellos.

Allá esperan, allá donde el mundo ya no da vuelta..."

~●~

"Recuerda que al final el cacao y el jade aquí se quedan, que solo los recuerdos parten con nosotros al más allá.

Y cuando llegue el momento de partir, ¿sabrás distinguir el polvo de oro de los verdaderos tesoros? ¿Podrás dejar de añorar al quetzal y comenzar a volar?"

~●~

"Y cuando la noche nos alcance, solo pido que te mantengas a mi lado; que tu abrazo me envuelva y aleje las sombras del pasado.

Si he de avanzar entre la más densa oscuridad, quiero que caminemos juntos; tomados de la mano, siempre juntos, nunca lejanos."

~●~

"Dicen que solos llegamos y solos nos vamos. No es verdad. Nos vamos cargados de recuerdos, de risas, de besos y abrazos. Nos vamos con las manos llenas de experiencias, con la boca atiborrada de sabores y con la mente rebosante de conocimiento. No, no nos vamos solos, porque el día en que partimos, un pequeño trozo de los que nos amaron se muere con nosotros."

"La vida no es un regalo de los dioses, sino un préstamo de ellos. Algún día nuestra esencia volverá a su lado, y viajaremos por los cielos tan libres como el viento.

La muerte no es un castigo de los dioses, sino uno de sus premios. Es el jade de un collar, la nieve de una montaña. Es el principio de un nuevo camino, el primer paso del más increíble viaje."

"Se nos apagó el sol,
ya es hora de partir.
Atrás dejamos la tierra,
atrás queda el maíz.
Vamos allá donde esperan los viejos,
allá donde solo se sabe sonreír.
Vamos juntos, vamos de la mano,
que, si el sol dejó de brillar,
la luna habremos de encontrar."

"La valentía no es una cualidad, es una elección.
Si el eco del tambor llama a tu corazón, marcha al frente y no mires atrás.
Cuando has elegido la senda del valiente, solo hay dos caminos: la gloria o la muerte."

"Sí, madre, te escuché. Me da gusto saber que has encontrado al fin tu merecido descanso. Me hizo llorar la noticia de que te reencontraste con mis abuelos, y temblé de emoción al oír que nuestro viejo *itzcuintli* te ayudó en cada paso del camino.
Gracias, nana, me alegró saber de ti, aunque fuera a través de un pequeño colibrí."

"No. Una mariposa negra no es símbolo de mala fortuna. Al contrario, un papalotl de color obsidiana es una bendición: es un niño que viajó desde el Tlalocan para recordarle a sus padres que sin importar cuanto tiempo pase, él los habrá de esperar."

"Aquí espero por ti,
bajo la sombra
de este enorme ahuehuete.
Sé que tardarás en llegar,
pero que sin duda alguna
me habrás de alcanzar.
El amor no sabe de vida
ni tampoco de muerte;
día tras día aguardaré por ti
hasta que tu corazón
deje de latir."

~ ● ~

"Llegó mi momento. Pon una semilla de cacao en mi mano y dame el último adiós. Recuérdale a mi *itzcuintli* que lo necesito para cruzar el río, y quema abundante copal para que su aroma me acompañe en la travesía al más allá. Llora si quieres, pues yo lloraré, pero no te aferres a lo que ya no puede ser; recuerda que yo te amaré siempre, aunque ya me haya ido, aunque aquí ya no esté..."

~ ● ~

"Sé que tienes miedo, pero poco hay que temer allá donde vamos; alza la cara y pide tregua al torrente que escurre por tus mejillas; tira al suelo esas piedras que cargas entre las manos y da ese primer paso que tanto te empeñas en evitar; recuerda bien que al lugar al que vas, se puede hacer todo, menos llorar."

~ ● ~

"¿Por qué lloramos
a los muertos
si ellos ya no sufren
ni sienten tristeza?
¿Por qué aún hoy
los compadecemos
si los de la condena
somos nosotros?
¿Por qué lloramos
cuando deberíamos
alegrarnos?"

"De maíz nos hicieron
y al maíz volveremos;
somos lágrimas del Cielo,
latidos de la tierra,
y si mañana el Anáhuac
habremos de dejar,
que sea por ir al mundo
del que nadie vuelve ya."

"El tiempo terminará por alcanzarnos. Llegará el día en que nos arranque las alas y nos devuelva a la tierra de donde una vez salimos. Ese día no quiero estar solo: deseo que tú y tus cuatro patas guíen mi camino.
No le temo al Mictlán, no si prometes que conmigo vas a estar."

"No pienso vivir sin ti.
Si has de partir,
partiré contigo.
Caminaré círculo
tras círculo
sujetando tu mano,
y sin importar si
pisamos agua o fuego,
siempre estaré a tu lado."

"Si no le temo a la muerte es porque sé que no carga con amargas penas, sino con dulces alegrías; que lejos de apagar mi camino va a iluminarlo, y que contrario a lo que todos piensan, te llena de quietud en lugar de dolor.
Si no le temo es porque sé sonreír, y llegado el momento también sabré morir."

"¿Por qué le temes tanto a la muerte? ¿Es que acaso no deseas devolver a la tierra el favor que te hizo al regalarte la vida?"

"Viven engañados aquellos que creen que el viento puede hablar, pues nada hay de cierto en eso; él solo recoge historias y las repite con nuevas voces; viaja por aquí y por allá contando memorias, narrando sueños, recordando vidas..."

"Escúchame bien:
ya no estoy aquí,
ahora estoy allá.
No inundes mi camino
con tus lágrimas,
mejor adórnalo
con tus sonrisas.
Déjame navegar
entre recuerdos,
y no perderme
entre tristezas."

"No me extrañes, solo tenme presente.
No me añores, solo piénsame de vez en
cuando.
No me llames, solo háblame.
No me llores, porque yo donde estoy,
soy feliz, y siempre sonrío por ti."

"No, a este mundo no venimos a vivir. A esta tierra vinimos a morir, a fallecer lentamente, a consumirnos como las llamas de una hoguera, a perecer como la noche cuando llega al amanecer.
No, a este mundo solo venimos a morir, y es por eso que, en lugar de llorar, cada día vivido deberíamos sonreír."

"El mundo gira tantas veces, que es fácil confundir lo que pasa con lo que acontece. ¿Es la vida similar a la muerte? ¿Hay algo más allá? ¿O será que tras el último aliento el alma simplemente desaparece?"

"Ayer me visitó un colibrí. Me dijo que aquellos a los que alguna vez amé se encuentran bien, que me esperan con los brazos abiertos, y que, aunque todavía faltan muchos soles para nuestro reencuentro, ellos y yo nos volveremos a ver."

~•~

"Esos que ayer
se nos adelantaron
ya no sufren más,
deja de llorar por ellos
que la sal de tu llanto
no los deja descansar."

~•~

"Cuando partamos
nada llevaremos
con nosotros;
¿De qué sirven el oro,
las plumas y el jade?
¿Que nadie se entera
de que desnudos
llegamos
y de igual forma
nos vamos?"

~•~

"Aquí ya no hay nada,
¿qué esperas que te dé?
Ayer sembré el último
de los granos de maíz,
y hoy mismo la sequía
lo ha asesinado.
¿Qué esperas de mí
sí ya todo lo he dado?
Hasta de vida carezco
y morir, yo ya no puedo."

"Te espero allá, en el infinito, donde podemos dejar de fingir y podemos comenzar a ser.
Te espero allá, con los brazos abiertos y una sonrisa en los labios.
Te espero, sé que tarde o temprano, al fin habrás de llegar."

~●~

"Y aunque vivo en la tierra del olvido, sé muy bien que los míos aún me recuerdan; que un día de cada año prenden una luz en mi nombre, y que al menos en esa ocasión todo vuelve a ser como era antes, justo igual que cuando estaba vivo..."

~●~

"Ya se han ido. Extrañaremos sus voces y también sus risas. Dormiremos pensando en ellos, y despertaremos con su recuerdo en la piel. Pero han partido ya, y debemos dejarlos ir. Ahora son estrellas del firmamento, luces del más allá... y estarán esperando por nosotros, sin importar cuanto nos tardemos en llegar..."

~●~

"Todos andamos el mismo camino; algunos más rápido y otros más lento, mas sin importar nuestra velocidad al avanzar, siempre terminaremos en el mismo lugar."

~●~

"Nunca olvides que, a fin de cuentas, todos somos iguales; en el vasto mar nadie es capaz de distinguir al noble *pipiltin* del fatigado *macehualtin*... en el vasto mar solo hay gotas de agua, iguales y cristalinas; gotas que un día y sin falta, en una ola habrán de sucumbir."

~●~

"Deja que sople
el viento,
y no te quejes
cuando alumbre
el sol;
Deja que suceda
lo cierto,
y deja descansar
al que hoy partió..."

"Del fruto a la flor,
y de la flor al cielo;
bate tus alas,
hermano colibrí,
y dile a los que amé
en vida,
qué siempre
los recordaré
con amor y alegría..."

~●~

"No compadezcas al que deja este mundo, porque él al fin podrá descansar; mejor siente pena por todos aquellos que, lamentablemente, en esta tierra se deben quedar."

~●~

"A la muerte le gusta jugar; aparecer de repente entre un montón de gente, y llevarse justo al que estaba en el medio, seguro, tranquilo, protegido...
A la muerte le gusta jugar; baila candorosa desde el mañana hasta el ahora, da besos en la nuca y sopla al revés, jalando aire en lugar de expulsarlo...
A la muerte le gusta jugar. A nosotros también, pero no con ella..."

~●~

"Dime, tú que presumes de haberlo visto todo; ¿has visto volar al quetzal con dirección al infinito? ¿lo has observado mientras bate sus alas para luchar contra el viento? ¿has sido testigo de la caída de una de sus plumas?
Dime, ¿acaso lo has visto morir y prometer con una sonrisa que volverá a nosotros una vez más?

Crónicas del Campeón Jaguar

"Que nunca te conquiste el miedo, pues este debe ser solo un peldaño y nunca una escalera; úsalo para armarte de valor, pero jamás para construir tu hogar."

~•~

"Cuando ya no exista ningún héroe,
cuando ya no quede ni un solo valiente en pie,
solo entonces comprenderemos
lo que los soldados sacrificaban
durante la batalla."

~•~

"Los héroes no buscan la gloria ni la fama. Tampoco buscan los aplausos ni el reconocimiento.
Los auténticos héroes solo buscan hacer siempre lo correcto."

~•~

"Antes de tomar tu espada maqahuitl, hinca una rodilla en tierra y llena tus manos de polvo. Cierra tus ojos y ofréceles a los dioses las vidas que estás a punto de segar. Convéncelos de que no lo harás por maldad, sino por mera necesidad..."

~•~

"Si somos un reflejo de los dioses,
quizá parte de su grandeza
vive en nuestros corazones..."

~•~

"Recuérdenlo bien, mis guerreros; con el paso del tiempo, la gente olvidará sus proezas y logros. Sin embargo, ni con el transcurrir de los años olvidará sus fracasos. Tengan eso en cuenta cuando sientan miedo en el campo de batalla..."

~•~

"No, estás equivocado, conquistador. Este no es el Nuevo Mundo, es Mi Mundo, y tarde o temprano, pienso recuperarlo..."

"Somos el resultado de las batallas que peleamos, los prisioneros que capturamos, las vidas que segamos y los sacrificios que presenciamos... Somos la luz de nuestros actos, somos la sombra de nuestras elecciones..."

"Y si he de caminar bajo el ardiente sol, siempre será hacia adelante. Porque nada me espera atrás, pero la gloria me aguarda adelante."

"Hace tiempo que se acabó el alimento, y el agua de los canales se ha podrido ya; algunos se han pronunciado a favor de rendirse, pero la mayoría se niega a abandonar la batalla. Los he oído decir que prefieren morir a ser sometidos. No los puedo culpar. Yo pienso lo mismo. Si la muerte me sorprende mañana, que sea con la maqahuitl bien afilada y el chimali colgando del brazo; que nadie diga que cuando más me necesitaban, osé darles la espalda a mis hermanos."

"Si mañana paso a la posteridad, que sea por mis yerros y no por mis aciertos. Que se recuerden mis fallas, nunca mis hazañas, pues de poco me sirve inspirar canciones si nadie aprende de mis tantos errores."

"Si no conoces el miedo, deja ahora mismo esta partida de guerra. Necesito soldados que acepten sus debilidades; sagaces, prudentes, con plena noción de la vida y la muerte. Nunca olvides que los héroes son solo personas comunes, con el alma llena de temor convertido en valor."

"¡Ruge! Deja salir al jaguar que vive dentro de ti. ¡Ruge! Hazle saber al mundo que has abandonado las sombras y no temes darle la cara al sol. ¡Ruge! Hazlo una vez, y luego hazlo diez más... Déjale saber al mundo que la gloria es tu presa, y que hasta el día en que sea tuya, jamás te detendrás."

"¿Han dejado huella
los pasos que diste
sobre esta tierra?
¿Se cantarán tus hazañas
cuando ya no estés
aquí?
¿Será tu ejemplo
digno de imitar?
¿Seguirán tu sendero
esos que vienen detrás?
Dime, orgulloso guerrero:
¿Pasarás a la historia
o te sumirás en el olvido?"

~•~

"Llegará el momento en que las filas se aprieten tanto que ya no habrá sitio a donde huir. El aire enrarecido por la sangre y el sudor saturará el ambiente. Los gritos y lamentos se fundirán en una sola canción y entonces los débiles se separarán de los fuertes... Ese será el momento de la verdad. Dime, noble campeón, ¿Podrás sobreponerte a él y dibujar tu nombre en el rollo de la eternidad?"

~•~

"Somos plumas de un inmenso escudo, pequeñas astillas de un filo de obsidiana; somos la flecha perdida a la mitad de una gran batalla, suspiro fugaz exhalado por el dios de la guerra. Somos la tierra que se cubrirá de sangre, motas infinitas en la piel del poderoso jaguar."

~•~

"Reconozco en ti, mi caído adversario, el orgullo, la fuerza y la tenacidad. No hago mofa de tu derrota, pues sin ella yo no tendría la victoria. Permíteme honrarte y darte la mano, pues no existe bando ganador sin la presencia de un enemigo derrotado."

~•~

"Para ganar la guerra, hace falta triunfar en mil batallas. Para salir victorioso en una batalla, antes debes cosechar innumerables derrotas. Solo los sabios lo saben, y solo los necios lo ignoran."

"El destino ha tapizado mi camino con grises nubes de lluvia; doy pasos de ciego a través de la niebla y persigo una victoria que jamás llegará. Pero no daré marcha atrás, porque aún en medio de la oscuridad, sigo (y seguiré) siendo, un imbatible jaguar."

~●~

"Y si un día nos toca caer, lo haremos de cara al sol y nunca de rodillas; que se rompa cada hueso en nuestros cuerpos, pero que nuestro orgullo y voluntad permanezcan inquebrantables."

~●~

"Y si la guerra nos alcanza, que sea con la frente en alto y la maqahuitl entre las manos; no huiremos del destino y plantaremos los pies en el suelo con valentía y coraje. ¡Qué sepan nuestros enemigos que no nos van a vencer! ¡Qué se entere todo el Anáhuac que no sabemos retroceder!"

~●~

"Mienten aquellos que argumentan que el escudo sirve solo para defender. El guerrero habilidoso sabe transformar un golpe recibido en una embestida fulminante, sobre todo cuando la arrogancia del atacante le impide concebir la idea de un posible contraataque."

~●~

"...y no lucho para tener gloria hoy, sino para ser recordado mañana; que la gente olvide mi cara, pero nunca mis hazañas. Porque es mi ejemplo el único legado que dejo, humilde tesoro que, aunque escaso, es honorable y honesto."

~●~

"Dicen que la historia solo recuerda a los vencedores y olvida a los héroes, pero yo digo que la eternidad solo les pertenece a los valientes; las falsas hazañas pueden engañar durante algo tiempo, mas al final la justicia y la verdad brotarán de la tierra en la que alguna vez fueron enterradas."

"El fracaso es siempre el primer paso hacia el éxito. Un guerrero derrotado hoy, será un campeón invencible mañana."

"Mil y un cantos
retumban en el
campo de batalla.
Unos pertenecen
al presente,
otros al pasado
y otros pocos
al futuro.
Ondean los estandartes
de pluma y algodón,
y la guerra,
siempre impaciente,
aguarda ansiosa
por la ofrenda de sangre,
la corona de flores
que la unja
como una honorable
guerra florida."

"Camino con el jaguar.
Me fundo con la maleza
y acecho desde la sombra.
Siempre ataco sin miedo,
pero nunca sin respeto;
soy un cazador,
jamás un ladrón,
y si te quito la vida,
prometo hacerlo con honor,
sin odio en el corazón."

"El fracaso es siempre el primer paso hacia el éxito. Un guerrero derrotado hoy, será un campeón invencible mañana."

"¡No cesen de atacar! El miedo no es un obstáculo, sino una distracción. ¡No se queden ahí contemplándolo! Aplástenlo, y sigan avanzando..."

~•~

"Los estandartes de plumas ondean con el viento, y los corazones, prestos para la batalla, laten desbordados con cada segundo que pasa.
Los silbatos suenan, y los arcos se tensan. ¿Puedes escuchar a los guerreros entonar sus cánticos de guerra?
¡Alcen los escudos, la batalla ya casi comienza!"

~•~

"¡No frenen la marcha! La victoria nos espera adelante.
Sépanlo bien, la gloria nunca les niega su abrazo a aquellos que, pese a la adversidad, siguen caminando."

~•~

"La valentía no es una cualidad, es una elección.
Si el eco del tambor llama a tu corazón, marcha al frente y no mires atrás.
Cuando has elegido la senda del valiente, solo hay dos caminos: la gloria o la muerte."

~•~

"¿Ganaste? Inclina la cabeza y agradece a los dioses con humildad. ¿Perdiste? Alza la cara y camina orgulloso; no hay victoria más grande que adquirir aprendizaje."

~•~

"¡Grita! ¡Que tu voz se escuche hasta el Mictlán! ¡Grita! ¡Que tus alaridos ahuyenten al miedo que vive en tu interior! ¡Grita! ¡Que sean ellos quienes retrocedan! ¡Grita! Y que todos sepan que no temes arriesgar tu vida..."

~•~

"No bajes los brazos. Nunca es demasiado lejos; nunca es demasiado tarde."

"Si vas a atacar, agita tu maqahuitl. Si piensas defenderte, alza tu escudo. Si deseas disparar una flecha desde lo lejos, entonces tensa tu arco. Pero no vaciles. No dudes. No temas. La vida perdona a los que se equivocan, pero no a los que no actúan."

"¡No bajes la guardia! Mantén bien arriba tu escudo, ¡esta batalla aún no termina! Que no te sorprenda la lluvia, y que tampoco te agote el sol. Tu arma más peligrosa no es la maqahuitl, sino la concentración."

"Si deseas triunfar, debes estar dispuesto a pelear; las batallas no se ganan contemplando la danza del fuego en una hoguera, sino con el escudo en una mano y la maqahuitl en otra."

"Suelen considerarlos locos, solo porque corren hacia el peligro para salvar a alguien que no conocen, aún a riesgo de perder la vida.
<<Locos>>, les dicen, ya que parece que no desean vivir. Yo prefiero llamarlos <<héroes>>, porque lo arriesgan todo, aun sabiendo que pueden morir."

"Avancen. No paren su marcha hasta tener enfrente al enemigo. Recuerden que los verdaderos guerreros no le tienen miedo a la muerte, solo le temen al olvido."

"Marchemos con el sol y vigilemos junto con la luna. Seamos nubes en el vasto cielo y lluvia cerrada en el campo de batalla; que nunca se hable de nuestros logros, pero que para siempre se recuerden nuestros sacrificios."

"¿Sabes cómo reconocer a un héroe de entre una multitud de más de diez mil almas?
Fácil: Es aquel que cuando acecha el peligro, da un paso al frente."

"Sepan bien que no pienso bajar los brazos y que la derrota no es siquiera mi última opción; si he de morir bajo el mágico fuego enemigo, que sea producto del dolor, y jamás a causa de la traición."

"Date gusto hoy. Písame y entiérrame si así lo quieres; te veo mañana, cuando sigas siendo un pie y yo ya sea un árbol."

"No todas las noches tienen luna, pero todas las lunas tienen noche; no todos los guerreros son valientes, pero en todos los valientes vive un guerrero."

"¡Que se levanten los guerreros que yacen dormidos! ¡Que se alcen las lanzas que vivían escondidas! ¡Que los campeones que habitan el corazón de cada *macehualtin* se unan a la lucha!
El invasor está pisando la ciudad, y si no lo detenemos hoy, ¡no lo haremos nunca!"

"Si tú adversario te derriba ocho veces, tú levántate nueve; no hay arma más peligrosa en este mundo que la persistencia."

"Alza tu escudo y planta tus ojos en la mirada del invasor; deja que de tu garganta escape un fiero grito de guerra, y levanta tu lanza sin temores ni remordimientos. ¡Defiende a tu pueblo hoy! ¡No dejes nada para mañana! "

"Mi corazón se despierta cuando escucha retumbar a los tambores de guerra; comienza a latir desenfrenado ante la posibilidad de encontrarse con su destino, y brinca de alegría cuando frente a él se muestra la sagrada guerra florida."

"La patria no es un pedazo de tierra, sino un trozo de nuestro propio corazón.

El que lucha por su nación nunca espera recompensa, pues sabe bien que dar su vida por aquellos que ama es, por mucho, el más grande honor."

~ ● ~

"No, nunca podrás vencerme, porque soy un grano de mazorca, una semilla del pueblo del maíz, la cual, sin importar que tan profundo la entierres, inevitablemente volverá a surgir."

~ ● ~

"Defender a tu pueblo no es un sacrificio, es un honor."

~ ● ~

"El valor y el honor no distinguen entre clases sociales, es por eso que un héroe puede venir de cualquier parte..."

~ ● ~

"Y si mi rival golpea una vez, yo golpearé dos veces; no daré ni un paso atrás ni dejaré que el miedo inunde mis ojos. Sepan bien que estoy decidido a volver, ya sea con la victoria, ya sea con la muerte..."

~ ● ~

"Los héroes no han muerto, solo están durmiendo. Aguardan pacientes a que su gente los reclame, esperan ansiosos el día en que su pueblo por fin despierte..."

~ ● ~

"Tal vez aquel fuego no era tan voraz. Quizá aquella llama no era tan ardiente. Tal vez esa rama solo estaba demasiado seca, y ardería con una simple chispa...

~ ● ~

No hay batallas demasiado crueles, solo hay soldados demasiado cobardes."

"En el fragor de la batalla, un pequeño cuchillo de pedernal es tan peligroso como una enorme maqahuitl. La peligrosidad de un arma no la determina su tamaño, sino su portador."

Plegarias olvidadas

El canto de la diosa

"Allá,
en los confines del mundo,
donde el sol duerme
y la luna canta,
vive una diosa
qué llora y ríe
al mismo tiempo,
Preguntándose
el por qué
nos empeñamos
en destruir
el mundo que ella
nos ha regalado."

"El canto del quetzal
va siempre al corazón,
y entre ricos y pobres
él no hace distinción."

Canto primaveral a Xipe Totec

"Cada primavera renace
con un nuevo color,
regalo de una doncella
y su último dolor.
Alegre baila en el campo,
la vida le sienta bien,
y danzará hasta el ocaso
con sangre adornando su sien.
Con el nacerán las mazorcas,
los Zapotes y chiles también,
¡agradecidos siempre estaremos
con nuestro señor que cambia de piel!"

La bendición de Tláloc

Lluvia sagrada
Que moja
Pero no empapa,
Es la bendición
De Tláloc,
Que bendice
Los campos
Y jamás
Los maltrata.

~●~

Alabanza a Tláloc

"¿Será que la lluvia
Tláloc la ha mandado?
¿O simplemente las nubes
El agua han desechado?
No lo sabemos,
Sólo creemos,
El agua que tenemos,
¡Siempre agradecemos! "

Sacrificio a Huitzilopochtli

Corazón palpitante
de color carmesí,
atiende el llamado
del dios colibrí.
Déjate caer,
no luches más,
alimenta al sol
Y deja la vida atrás.

El Nacimiento del colibrí del sur

"Dicen que llegó al mundo envuelto en una pelota de plumas, y que era tan fiero y cruel, que descuartizó a su hermana con tan solo el poder de su pensamiento.

Dicen que era colibrí y sol al mismo tiempo. Se cuenta que los antiguos le llamaban Huitzilopochtli..."

La promesa de Cuauhtémoc

"Esta tierra que hoy te robas,
No es tuya
Y nunca lo será.
Volveremos por ella,
Reclamaremos
Lo que es nuestro,
Y aunque nos cueste
Lágrimas y sangre,
La arrebataremos
De tus blancas manos..."

La muerte de un amigo

"De la tierra venimos
y a la tierra pertenecemos.
Que sean mis manos
granos de maíz,
y que mis ojos
se conviertan
en semillas de frijol.
Que mi deceso sea
un nuevo comienzo,
un brote verde
que se inclina agradecido
cuando lo toca el sol."

La muerte de un campeón mexica

"Dile a la luna
que no llegaré
a nuestra cita
hoy.
Que me reclaman
la tierra y el sol,
que mis ojos
ya no verán su luz...
Dile que vuelvo
a ser maíz,
dile, madre tierra,
que vuelvo a ser de ti..."

El Ateponaztli

"Y todos los que perecían devorados por las aguas escuchaban el sonido de un curioso tambor antes de fallecer; era un sonido armónico y tranquilizador, que los alejaba de la pena, la desesperación y el dolor. Luego, entre sueños, veían unas plumas negras y amarillas pasar sobre su cabeza. Después perdían el conocimiento.

Ellos no sabían que, aunque su aventura terrenal había terminado, su viaje en el Tlalocan apenas había comenzado..."

Allá en el Tlalocan

"Yo no sé nada de odios ni rencores; solo sé de lunas y soles, de amaneceres y dulces noches, de ojos negros y rostros sonrientes...

Yo no sé de penas ni de tristezas. Solo sé un poco de ti y un poco de mí..."

Tonatiuh

"¿A dónde va Tonatiuh
cuando desaparece
en el horizonte?
¿A dónde van la corona
de luz
y el luminoso manto?
¿Marcharán lejos
para no perecer?
¿O solo duermen
y pronto volverán a ser?"

Universo huichol

"Se fuego para iluminar,
no para quemar.
Se tierra para sembrar,
no para sepultar.
Se agua para beber,
no para ahogar
Se siempre tú,
no seas nadie más."

~●~

"¿Sientes fluir la vida en este campo? Es la energía de nuestra abuela
Tierra, que nos acoge en su cálido abrazo, regalándonos un trozo de su
mágico aliento, una parte de su mística existencia..."

~●~

"Observa fijamente la llama de la hoguera; verás en su centro el rostro
de nuestro abuelo fuego. No intentes tocarlo, pues su cuerpo es
sagrado, y si tocara tu cuerpo, este quedaría calcinado."

~●~

"Todo comenzó con el andar en la tierra de nuestro bisabuelo cola de
venado, quién ansioso por crear un mundo y a la vez ser parte de él,
sumergió su espíritu en todo aquello que es y no es, dándole forma a lo
material y también a lo inmaterial."

Popocatépetl e Iztaccíhuatl

"Ayer el cielo me habló de ti: las estrellas eran tus ojos y las nubes dibujaban tu rostro. En la oscura noche pude ver tu cabello, y el canto de los grillos me recordó tus tímidos suspiros.

Ayer el cielo me habló de ti, y aunque nada contesté, todo lo escuché."

~●~

"Y si un día me come el tiempo y me obliga a perecer junto con millones de suspiros ahogados, quiero que ese día, tú estés conmigo.

Porque sé que, al ver tu rostro, nada más importará; ya que aún con el peso de mil mundos y sus dioses sobre mis hombros, solo seré capaz de mirar tus ojos y perderme en ellos para siempre..."

~●~

"Los besos
No son nada
Si se quedan
En los labios
Y no llegan
Nunca al alma."

~●~

"Voy a cerrar los ojos,
y a ver si cuando los abra
ya has vuelto de la guerra.
Me dejaré embargar
por la sombra,
y solo escaparé de
su inexorable abrazo
si vuelves conmigo
y me tiendes la mano.
No quiero esta vida
si no vas a estar,
no deseo trascender
si a mi lado no estás."

"Dicen que no volverás,
que ya para siempre
sola me habré de quedar.

Dicen que moriste ayer,
y que hoy haría bien
sí ya te dejara de querer.

Pero nada de eso creo,
y sentada junto al ocote
aquí yo te espero.

Porque si he de morir,
quiero dejar este mundo
aguardando por ti."

Crónicas del viaje místico

"Fue un sueño estremecedor: me hallaba de pie en una milpa vacía, donde solo se podía ver una mazorca seca gobernando el árido suelo. Al acercarme para recogerla, una serpiente multicolor brotó de uno de sus granos. Intenté atraparla, pero se escabulló veloz hacia el estrellado firmamento.

—¿Qué haces? — le pregunté.

—Volver— me dijo.

Y me quedé ahí, de pie, mirándola, preguntándome si se preparaba para regresar con nosotros o se disponía a huir de esta tierra para siempre."

~●~

"Desperté a mitad del desierto, cegado por la luz del sol, sediento y con decenas de quemaduras en la piel. Un armadillo comenzó a perseguirme, y aunque varias veces conseguí escapar de él y esconderme, siempre terminaba por encontrarme; tal parece que no importa cuánto lo intentes, es imposible escapar de lo que eres."

~●~

"Aún y cuando corría con todas mis fuerzas, el venado azul conseguía evadirme con pasmosa facilidad, yendo siempre un paso o dos por delante de mí. Frustrado, decidí dejar de correr. Él hizo lo mismo. Así que reanudé la carrera, y él lo hizo también. ¿Cuál era la razón que lo impulsaba a huir? ¿Cuál era el motivo que me impulsaba a seguir? ¡No lo sé! Solo sé que hay algo en mi corazón que me pide no dejar de correr..."

~●~

"Ayer el sol me invitó a caminar por el cielo. Bailé entre las nubes y miré a los ojos a las estrellas, donde me sumergí en el más profundo azul.

Entonces, cuando mi alma se llenó de paz y quietud, una brisa muy fina me pegó en el rostro.

Abrí los ojos. Desperté. ¿Acaso fue solo un sueño? ¿O fue un vistazo a otra realidad? No lo sé con certeza. Solo sé que me alegro de haber estado ahí..."

"Abrió los ojos y se dio cuenta de que ya se había hecho de noche. Entonces le aulló a la luna, y como esta no le hizo caso, decidió convertirse en cuervo para perderse en lo más profundo del cielo junto a las esquivas estrellas.

Pero estas también lo ignoraron, y no le quedó más remedio que volver al suelo. Ahí se transformó en tlacuache. Poco le duró el gusto, pues de inmediato lo persiguió un coyote sediento de venganza.

Fue así como retornó a su forma humana y prometió no volver a buscar respuestas en otro lugar que no fuera su propio corazón."

"Caminó durante días. Pisó tierras que nunca pensó conocer, y bebió de ríos de los que jamás oyó hablar. Conoció gente que le abrió los ojos, y aprendió a soñar tan profundo como un pez en el vasto mar. Pero en ningún momento se topó con el dios que había ido a buscar. ¿Sería que la esquiva serpiente no se dejaría mirar?

¿O tal vez conocer a los dioses solo se trataba de atreverse a caminar?"

"Los aldeanos cuentan que en los instantes previos al amanecer puede escucharse el canto lastimero de una mujer con el corazón roto; según dicen, ella perdió a todos sus hijos en las guerras floridas, y pasa las noches buscando a soldados extraviados con quienes desquitar su pena. ¿Será verdad o es solo parte de la imaginación de los *macehualtin*?

No lo sé, y tampoco tengo interés en averiguarlo."

"Bruja, le llamaban, porque sabía curar con hierbas y soplidos; bruja, le decían, porque quitaba los dolores de huesos con sábila y humo de copal; bruja, siempre bruja, pero nunca <<gracias>>..."

"¿Sabes algo? Hoy he visto el rostro del miedo: tiene ojos grandes y saltones que miran hacia todas partes, una expresión desconfiada y maliciosa que te hace temblar apenas verla, y una media sonrisa que te sume en la más profunda tristeza.

¿Dónde lo vi, te preguntas? Fue en unos de esos artefactos planos y brillantes, esos que los hombres del otro lado del mar suelen llamar <<espejos>>..."

~ ● ~

"Bruja, le llamaban, porque sabía curar con hierbas y soplidos; bruja, le decían, porque quitaba los dolores de huesos con sábila y humo de copal; bruja, siempre bruja, pero nunca <<gracias>>..."

~ ● ~

"Cada mañana le imploro a los dioses que me premien con la sabiduría del tecolote y la astucia de la serpiente; con la inquebrantable voluntad del águila y la poderosa determinación del coyote. Cada mañana yo les suplico ser un valiente jaguar, uno capaz de ir y venir, de vivir y morir; uno de esos a los que la gente del pueblo llama nahual..."

~ ● ~

"Con tan solo un parpadeo cambió el color del cielo, y bastó una palmada de sus manos para convertir en agua la arena del desierto. Y aunque muchos le llamaron "demonio", estaban equivocados. Él no era un brujo ni tampoco un hechicero. Era algo peor y mejor al mismo tiempo.

Yo sabía la verdad; yo sabía que él era un nahual..."

Sobre el autor:

Jorge Daniel Abrego Valdés (Ciudad de México, 28 de Octubre de 1983), escritor mexicano, con una licenciatura en Mercadotecnia y una maestría en Dirección de Proyectos.

Maneja el mismo sus redes sociales bajo el seudónimo de "Viento del Sur". En Facebook puedes encontrar su página de cuentos en Facebook.com/loscuentosdevientodelsur. Tanto en Twitter como Instagram puedes seguirlo en **viento_del_sur1.**

Otras obras de J. D. Abrego:

De dioses y otros demonios (Los cuentos de Viento del Sur Vol. 1)
Más allá del Quinto Sol (Los Cuentos de Viento del Sur Vol. 2)
Reino Animal (Los Cuentos de Viento del Sur Vol. 3)
De viaje por el mundo (Los Cuentos de Viento del Sur Vol. 4)
Lore: la niña del balón.
La casa de los Tetramorfos.
Cherub: las crónicas de Erael.
Purga Digital

Made in the USA
Monee, IL
30 October 2020